Le
TROIS MAI

M DCCC XXVI.

A LYON,

DE L'IMPRIMERIE DE LOUIS PERRIN,

SUCC. DE DURAND ET PERRIN,

GRANDE RUE MERCIÈRE, N.º 49.

******

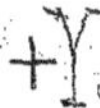

LE TROIS MAI

1826.

LE TROIS MAI

M DCCC XXVI.

Hommage d'un Royaliste.

Douze ans sont écoulés ! des accens d'alégresse

Retentissaient dans ce Paris charmé.

Quel moment! quels transports! et quelle heureuse ivresse!...

De voir son Roi qui n'était affamé?

Près du palais encor le peuple se rassemble;

Quel changement ! grave, silencieux,

Ses pas sont incertains, et vers le trône il semble

Ne point oser lever les yeux.

Et cependant, un Souverain qu'on aime

Fait régner la justice et comble les souhaits.

Jamais l'éclat du diadême

Ne se montre plus pur aux regards satisfaits.

Pourquoi la France en pleurs aux portiques du Louvre......?

Elle a courbé son front majestueux;

D'un long voile de deuil, plaintive, elle se couvre;

Son sein laisse échapper des soupirs vertueux.

Le soleil s'obscurcit, l'obéissant nuage

Intercepte un éclat qui sied mal en ce jour,

Où le Dieu de Clovis veut que le ciel partage

La tristesse du peuple et celle de la cour.

Charles paraît, il traverse la foule ;
Vainement il retient ses trop justes douleurs ;
Dans ses yeux une larme roule,
Elle tombe sur tous les cœurs.

L'airain sacré retentit, il appelle
Aux plus grandes solennités,
Et la Religion bienfaisante, immortelle,
Rend moins amers les regrets mérités.
Des chrétiens voici les bannières,
Voici l'image des martyrs,
Dans Lutèce, le fer abrégea leurs carrières ;
On la nommait dès lors Ville des Repentirs.

Voici venir la croix.... Oui, le Sauveur du monde,
Le Fils de l'homme, à ce bois révéré,
Fut attaché, dans sa bonté féconde ;
On le frappe, il fait grâce à son peuple égaré.

★

Ses bras ouverts sont d'éternels refuges ;
Cours, ils te recevront, coupable, désolé.
Il a prié pour ses bourreaux, ses juges,
Ce grand exemple...... il s'est renouvelé !

C'est ici que mourut une auguste victime ,
Qu'un saint Roi succomba sous les efforts du crime.
A ses mânes, Français, vous jurez d'obéir.....
Souvenez-vous, plaignez, gardez-vous de haïr.

Un autel expiatoire
S'élève avec simplicité
Sur cette place même où finit tant de gloire,
Aux pieds d'une sanglante et fausse liberté !

Que ce jour, Dieu puissant, soit un jour de clémence !
Accorde à ce peuple, à la France,
Quelque signe éclatant de divine bonté.
O prodige nouveau ! quelle douce clarté

De l'autel jusqu'aux cieux et se forme et s'élance !
Quel spectacle attrayant ! et quelle majesté !

Pour qu'un grand dessein s'accomplisse,
Le ciel s'est entr'ouvert et laisse découvrir
Un lieu de paix et de délice,
La récompense du martyr.

Calme, serein, comme dans la tempête,
Louis seize nous apparaît ;
CHARLES lève sa noble tête,
Le premier, il le reconnaît.
Louis a pour touchant cortége
Henri quatre, d'Enghien, Berri :
Par les coups meurtriers d'une main sacrilége,
Également ils ont péri.

« Que ce jour, Dieu puissant, soit un jour de clémence, »
Répètent à la fois les Bourbons et la France :

Et ces vœux par Louis semblent être entendus.

Du haut des cieux, son ombre qui pardonne,

Se montre consolée au milieu des élus :

En recevant le prix de ses vertus

Louis n'a fait que changer de couronne.

Mais, écoutons ; Berri de nous s'est rapproché,

Il rencontre les yeux que ses yeux ont cherchés :

« Ne pleure plus, ô toi qui me fut chère !

« On aime encore en la céleste cour ;

« Je suis toujours ton époux et le père

« Des tendres rejetons, doux fruit de notre amour. »

Resplendissant d'une vive lumière,

Près de l'Agneau sans tache on voit un bel enfant ;

Sa main sème des fleurs. Une ombre paraît fière

Du bonheur obtenu pour cet objet charmant.

C'est Antoinette ; elle est reine, elle est mère ;

Et se sentant attirée vers la terre
Elle aperçoit les traits de ceux qu'elle aima tant.

A ses cotés, la figure héroïque
De cette Elisabeth, gage de pureté,
Sourit, et d'un coup d'œil indique
Un lieu voisin, solitaire, écarté,
Temple nouveau de la fidélité.

C'est là que de nos Rois la fille prosternée,
Dès son enfance aux regrets condamnée,
A voulu pleurer seule, épargnant à nos cœurs
Le reproche muet de ses longues douleurs.

Antoinette la voit: son ame maternelle
A tressailli ; sur sa fille elle appelle
Et la paix consolante et l'oubli généreux,
Puis rejoint lentement les rangs des bienheureux.

L'ange qui fut Dauphin, avec douceur s'avance.

Il paraît s'adresser à ce royal enfant,

A ce jeune Henri, l'idole de la France,

Et sa main souveraine avec grace s'étend :

 « Je t'annonce un destin prospère,

 « Lui dit-il d'un ton caressant ;

 « Tout le bien que j'aurais su faire

 « Je te le lègue : accepte mon présent. »

 Alors les cieux se refermèrent,

Et le peuple et son Roi tous ensemble adorèrent.

Heureux, purifié, chacun se dispersa.

 Un règne digne de mémoire,

 Dont s'empare déjà l'histoire,

 De ce jour s'immortalisa.

Hector de Tailly.

LYON. LOUIS PERRIN, IMPRIMEUR.